LES JOYEUSES HISTOIRES DE NOS PÈRES

VII

LES JOYEUSES

HISTOIRES

DE NOS PÈRES

VII

CORBEIL. — IMPRIMERIE B. RENAUDET.

CHACUN POUR TOUS

HISTOIRE

DE NOS PÈRES

LES JOYEUSES

HISTOIRES

DE NOS PÈRES

Mieux est de ris que de larmes écrire
Parce que rire est le propre de l'homme.
RABELAIS.

VII

LE REMÈDE MERVEILLEUX
LE PSAUTIER DE L'ABESSE. — DE CELUI QUI ACHEVA L'OREILLE DE L'ENFANT.
— UN MARIAGE LIBRE. — LE COCU ARMÉ, ETC.

PARIS

CHEZ TOUS LES LIBRAIRES

M.DCCC.LXXXIV

Droits réservés

I

LE REMÈDE MERVEILLEUX

u gentil pays de Brabant, qui est celui du monde où les bonnes aventures adviennent souvent, il y avait un bon et loyal marchand dont la femme était très fort malade. L'aigreur de son mal l'empêchait d'abandonner le lit.

Ce bon homme, voyant sa bonne femme ainsi atteinte et languissante, menait la plus douloureuse vie du monde ; tant marri et déplaisant était qu'il ne pouvait l'être plus, et

il avait grand peur que la mort ne l'en fît
quitte. Persévérant en cette doléance, et pensant la perdre, il se vient rendre aux pieds
d'icelle et lui donna espérance de guérison, la
réconfortant le mieux qu'il put, l'admones-
tant de penser au salut de son âme.

Et après qu'il eut un petit temps devisé
avec elle et terminé ses avertissements et
exhortations, il lui cria merci, la requérant
que, si en quelque chose il l'avait offensée,
elle le pardonnât. Parmi les cas où il avait
conscience de l'avoir courroucée, il lui dé-
clara comment il était bien repentant de ce
qu'il l'avait troublée plusieurs fois, et très
souvent de ce qu'il n'avait besogné sur son
harnais toutes les fois qu'elle l'eût bien voulu;
il ajouta qu'il le savait bien et qu'il lui en
demandait très humblement pardon.

Et la pauvre malade lui pardonnait les pe-
tits cas et légers, mais ce dernier ne pardon-
nait-elle point volontiers sans savoir les raisons qui avaient mû et induit son mari à non
fourbir son harnais, puisqu'il savait bien que

c'était le plaisir d'elle, et qu'elle ne demandait autre chose.

— Comment, dit-il, voulez-vous mourir sans pardonner à ceux qui vous ont offensée ?

— Je suis contente, dit-elle, de le pardonner, mais je veux savoir quel motif vous aviez. Autrement, je ne le pardonnerai pas.

Le bon mari, pour trouver moyen d'avoir pardon, croyant bien faire la besogne, dit :

— Ma mie, vous savez que plusieurs fois vous avez été malade, quoique non tant que maintenant je vous vois. Durant la maladie, je n'ai jamais osé présumer de vous requérir de bataille, me doutant bien qu'il vous en adviendrait mal. Soyez sûre que ce que j'en ai fait, amour me l'a fait faire.

— Taisez-vous, menteur que vous êtes. Onques ne fus assez malade pour faire refus de combattre. Cherchez-moi autre moyen, si vous voulez avoir pardon, car celui-ci ne vous aidera point à l'obtenir. Et, puisqu'il vous convient de tout dire, méchant et lâche bonhomme que vous êtes, pensez-vous qu'en ce monde-ci, il y ait médecine qui plus soit profitable, pour chasser la maladie d'entre nous femmes, que la douce et amoureuse compagnie des hommes ? Me voyez-vous bien défaite et sèche par gravité de mal ?

— Ho ! dit l'autre, je vous guérirai prestement.

Il saute sur le lit, et besogna le mieux qu'il put, et tantôt qu'il eut rompu deux lances, elle se lève, et se met sur ses pieds. Puis une demi-heure après, elle alla par les rues, et ses voisines, qui la croyaient quasiment morte, furent très émerveillées jusqu'à ce qu'elle leur dit par quelle voie elle était ravivée. Elles dirent alors qu'il n'y avait que ce seul remède.

Ainsi, le bon marchand apprit à guérir sa femme, ce qui lui tourna à grand préjudice, car souvent elle simulait la malade pour recevoir la médecine.

Monseigneur de Beaumont

II

LE PSAUTIER DE L'ABBESSE

~~~~~~

Il y a en Lombardie un monastère fameux par sa sainteté et l'austé-rité de la règle qu'on y observe. Une femme nommée Isabeau, qui réunissait en elle la noblesse et la beauté, l'habitait depuis quelque temps. Un jour un de ses parents vint la voir à la grille avec son ami ; cet ami était jeune et bien fait. La nonnain le sentit et en devint dès ce moment éperdument amoureuse. Une heureuse sym-pathie agit sur le cœur du jeune homme : il
~~~~~~

ne fut pas plus insensible aux charmes d'Isabeau qu'elle aux siens. Mais ils ne retirèrent pendant longtemps de cet amour mutuel d'autres fruits que les tourments de la privation.

Cependant, comme tous deux ne songeaient qu'aux moyens de se voir et de se réunir, le jeune homme, plus fécond en ressources, trouva un expédient sûr pour se glisser furtivement dans la cellule de sa maîtresse.

Tous deux, également joyeux d'une si heureuse découverte, se dédommagèrent de la longue attente et jouirent longtemps de leur bonheur sans contre-temps.

Mais enfin la fortune trahit leurs plaisirs : Isabeau avait trop de charmes et son amant était trop bien fait, pour n'être pas exposés à la jalousie des autres religieuses. Plusieurs espionnaient toutes ses actions, et, se doutant de son intrigue, elles ne la perdaient presque pas de vue. Une nuit entre autres, une religieuse vit sortir son amant de sa cellule sans en être aperçue, et elle communiqua sa découverte à quelques autres.

Elles résolurent de dénoncer leur compagne à l'abbesse nommée madame Usinbalde, et qui passait dans l'esprit de toutes ses nonnains et de quiconque l'avait vue pour la bonté et la sainteté même. Pour qu'on ne soupçonnât pas leur témoignage et qu'il ne fût pas possible à Isabeau de le récuser, elles concertèrent de faire en sorte que l'abbesse trouvât la nonnain couchée avec son amant. Le projet arrangé, chacun de son côté fit le guet, se mit aux écoutes, afin de surprendre cette pauvre amante, qui vivait dans la plus grande sécurité.

Un soir qu'elle avait fait venir son amant, les perfides sentinelles le virent entrer dans la chambre. Plutôt que de faire du bruit, elles lui donnent le temps de jouir des plaisirs de l'amour et se divisent en deux bandes : l'une veille sur l'appartement d'Isabeau ; l'autre courut chez l'abbesse. Elles frappent à la porte :

— Allons vite, allons, Madame, accourez :
la sœur Isabeau a un jeune homme dans sa
chambre.

A ce bruit, à ces cris, l'abbesse, effrayée,
et craignant que par trop d'empressements
les nonnes n'enfonçassent la porte et ne dé-
couvrissent dans son lit un prêtre qui le par-
tageait avec elle, et qu'à l'aide d'un coffre elle
introduisait dans le couvent, se leva à la hâte,
s'habilla du mieux qu'elle put, et, pensant
couvrir sa tête d'un voile qu'on nomme le
psautier, elle s'embéguina de la culotte du
prêtre. Dans cet équipage grotesque et dont
les nonnes trop occupées ne s'aperçurent pas,
l'abbesse cria dévotement :

— Où est cette fille maudite de Dieu?

On arrive à sa porte, on l'enfonce, on
entre : on trouve les deux amants dans les
bras l'un de l'autre.

L'étonnement, l'embarras les rendaient im-
mobiles. Mais les nonnes, furieuses, enle-
vèrent leur jeune sœur, et, par ordre de
l'abbesse, la conduisirent au chapitre. Le

jeune homme resta dans sa cellule ; il s'habilla et voulut attendre l'issue de cette aventure, bien résolu de se venger sur celles qu'il pourrait attraper des mauvais traitements qu'éprouverait sa maîtresse si l'on ne la respectait pas, de l'enlever et de s'enfuir avec elle.

L'abbesse arrive au chapitre et prend sa place. Toutes les nonnains y étant, les yeux de toutes étaient fixés sur la pauvre Isabeau. L'abbesse commence sa réprimande, qu'elle assaisonne des plus piquantes injures : elle traite la pauvre coupable comme une femme qui avait souillé et terni par ses actions abominables la réputation de sainteté dont jouissait le couvent.

Isabeau, honteuse et timide, gardant le silence de la conviction, n'ose lever les yeux, et son touchant embarras inspire de la pitié à ses ennemies mêmes. L'abbesse continue toujours ses invectives : la nonnain, comme enhardie par l'excès d'un tel emportement, ose lever la vue, l'arrête sur la tête de l'abbesse, et voit la culotte du prêtre qui pend aux deux côtés. Cette vue la rassure.

— Madame, lui dit-elle, que Dieu vous soit en aide , dites-moi bien tout ce qu'il vous plaira ; mais, de grâce, rajustez votre coiffe.

L'abbesse, qui n'entendait rien à ce discours :

— De quelle coiffe parles-tu, impudente ? dit-elle. As-tu bien l'audace de vouloir railler ? te semble-t-il avoir fait quelque chose de risible ?

— Madame, encore un coup, dites-moi ce qu'il vous plaira ; mais, de grâce, rajustez votre coiffe.

Cette prière singulière, répétée avec affectation, fit tourner les yeux sur l'abbesse et la décida enfin à porter elle-même la main sur sa tête. On vit alors pourquoi Isabeau avait parlé comme elle avait fait.

L'abbesse, décontenancée et sentant qu'il était impossible de déguiser son aventure, changea de langage, et conclut son discours pour faire voir combien il était difficile d'opposer une résistance continuelle aux aiguillons de la chair. Aussi donc dans cet instant qu'elle avait d'abord paru sévère, elle permit à ses ouailles de continuer, comme on avait fait jusqu'à ce jour, à saisir toutes les occasions de s'amuser en secret. Après avoir pardonné à Isabeau, elle regagna son appartement.

Isabeau rejoignit son ami, le fit encore revenir plusieurs fois et fut heureuse en dépit de l'envie.

BOCCACE.

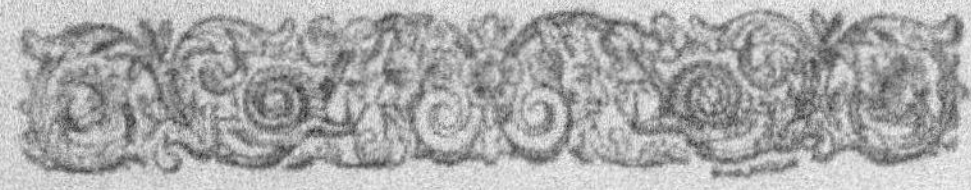

III

DE CELUI
QUI ACHEVA L'OREILLE DE L'ENFANT
A LA FEMME DE SON VOISIN

———

I ne faut pas s'ébahir, si les femmes des champs ne sont guère fines, vu que celles de la ville se laissent quelquefois abuser bien simplement. Vrai est qu'il ne leur advient pas souvent, car c'est dans les villes que les femmes font les bons tours. De par Dieu ! c'est là ! car je veux dire qu'il y avait en la ville de Lyon une jeune femme, honnêtement belle, laquelle fut mariée à un marchand d'un commerce assez agréable. Mais il n'eut pas été avec elle trois ou quatre mois qu'il ne lui fallut aller dehors pour ses affaires, la laissant pourtant enceinte seulement de trois semaines : ce qu'elle connaissait à ce qu'il lui prenait quelque défaillement de cœur, avec tels autres accidents qui prennent aux femmes enceintes.

Sitôt qu'il fût parti, un sien voisin, nommé le sire André, s'en vint voir la jeune femme, comme il avait de coutume de hanter privement la maison par droit de voisinage. Il se prit à railler avec elle, lui demandant comme elle se portait en ménage. Elle lui répond qu'assez bien, mais qu'elle se sentait être grosse.

— Est-il possible ? dit-il. Votre mari n'aurait pas eu loisir de faire un enfant depuis le temps que vous êtes ensemble ?

— Je le suis, pourtant, dit-elle, car madame Toiny m'a dit qu'elle se trouva, ainsi comme je me trouve, de son premier enfant

— Or, lui dit le sire André (sans toutefois penser grandement en mal, ni qu'il lui en dut advenir ce qu'il en advint), croyez-moi, je me connais bien en cela, et, à vous voir, je me doute que votre mari n'a pas fait l'enfant tout entier, et qu'il y a encore quelques oreilles à faire. Sur mon honneur, prenez-y bien garde ! J'ai vu beaucoup de femmes qui s'en sont mal trouvées, et d'autres, qui ont été plus sages qui se sont fait achever leur enfant en l'ab sence de leur mari, de peur des inconvénients. Mais incontinent que mon compère sera venu, faites-le-lui achever.

— Comment ! dit la jeune femme, il est allé en Bourgogne. Il ne saurait pas être ici d'un mois pour le plus tôt.

— M'amie, dit-il, vous êtes dans une mauvaise passe. Votre enfant n'aura qu'une oreille, et vous êtes en danger que les autres d'après n'en auront qu'une non plus, car volontiers, quand il vient quelque faute au premier enfant, les derniers en ont autant.

La jeune femme, à ces nouvelles, fut la plus fâchée du monde.

— Eh ! mon Dieu, dit-elle, je suis bien pauvre femme. Je m'ébahis qu'il ne s'est avisé de le faire tout avant que de partir.

— Je vous dirai, dit le sire André, qu'il y a remède pour tout, excepté pour la mort. Par amour de vous vraiment, je suis content de vous l'achever, chose que je ne ferais pas si c'était une autre, car j'ai assez d'affaire pour les miens ; mais je ne voudrais pas que, par faute de secours, il vous fût advenu un tel inconvénient que celui-là.

Elle, qui était de bonne foi, pensa que ce qu'il lui disait être vrai, car il parlait brusquement et comme s'il lui eût voulu faire entendre ce qu'il faisait pour elle, et que ce ne fût qu'une corvée pour lui. Conclusion : elle se fit achever cet enfant ; ce dont le sire André s'acquitta gentiment, non pas seulement pour cette fois, mais assez souvent depuis. Et à l'une des fois, la jeune femme lui disait :

— Voire, mais, si vous lui faites quatre

ou cinq oreilles, ce sera une mauvaise besogne.

— Non, non, dit le sire André, je n'en ferai qu'une ; mais pensez-vous qu'elle soit sitôt faite ? Votre mari a demeuré si longtemps à faire ce qu'il y a fait ! Et puis on peut bien en faire moins, mais on ne saurait en faire plus, car, quand une chose est achevée, il n'y faut plus rien.

En cet état fut achevée cette oreille. Quand le mari fut venu de dehors, sa femme lui dit, la nuit, en folâtrant :

— Ma foi ! vous êtes un beau faiseur d'enfant ! Vous m'en aviez fait un qui n'eût eu qu'une oreille, et vous en étiez allé sans l'achever !

— Allez, allez, dit-il. Que vous êtes folle ! Les enfants se font-ils sans oreilles ?

— Oui-da, ils se font ainsi, dit-elle. Demandez au sire André, qui m'a dit qu'il en a vu plus de vingt, qui n'en avaient qu'une, par faute de les avoir achevés, et que c'est la chose la plus malaisée à faire que l'oreille

d'un enfant. Et s'il ne l'eût achevée, pensez
que j'eusse fait un bel enfant !

Le mari ne fut pas trop content de ces nouvelles.

— Quel achèvement est ceci? dit-il. Qu'est-
ce qu'il vous a fait pour l'achever?

— Le demandez-vous? dit-elle. Il m'a fait
comme vous me faites.

— Ah! ah! dit le mari, est-il vrai? M'en
avez-vous fait d'une telle?

Et Dieu sait de quel sommeil il dormit
là-dessus ! Et lui, qui était homme colère, en
pensant à l'achèvement de cette oreille, donna
en imagination plus de cent coups de dague
à l'acheveur ; la nuit lui parut durer plus
de mille ans ; il aurait voulu être déjà occupé
à ses vengeances.

Et, de fait, la première chose qu'il fit quand
il fut levé, ce fut d'aller à ce sire André
auquel il dit mille outrages, le menaçant de
le faire repentir du méchant tour qu'il lui
avait fait. Toutefois, il fit plus de menaces
que de mal. Car, quand il eut bien fait le

méchant, il fut contraint de s'apaiser moyennant une couverte de Catalogne, que lui donna sire André, à la condition toutefois qu'il ne se mêlerait plus de faire les oreilles de ses enfants et qu'il les ferait bien sans lui.

IV

UN MARIAGE LIBRE

N me rendant de Padoue à Venise, je rencontrai à Oriago un cabriolet qui venait au grand trot de deux chevaux de poste. Il y avait dedans une très jolie femme et un homme en uniforme allemand.

A quelques pas de moi, le cabriolet verse du côté de la rivière, et la femme, tombant par-dessus le cavalier, court le plus grand danger de rouler dans la Brenta. Je saute hors de mon chariot sans me donner le temps de faire arrêter, et je vole au secours de la dame, réparant d'une main chaste le désordre que la chute avait occasionné à sa toilette.

Son compagnon, qui s'était relevé sans accident, accourt, et voilà la belle versée sur son séant, tout ébahie, moins confuse de sa chute que de l'indiscrétion de ses jupes qui avaient laissé à découvert tout ce qu'une honnête femme ne montre jamais à un inconnu. Le dommage était réparé, la dame continua sa route vers Padoue et moi vers Venise, où, à peine arrivé, je n'eus que le temps de me masquer pour aller à l'Opéra.

Le lendemain, je prenais mon café à visage découvert sous les *procuraties* de la place Saint-Marc, quand un beau masque femelle me donna galamment un coup d'éventail sur l'épaule. Ne connaissant pas le masque, je ne fis pas grande attention à cette agacerie, et, après avoir achevé mon café, je reprends mon masque et je m'achemine vers le quai du Sépulcre où m'attendait ma gondole. Vers le pont de la Paille, j'aperçois le même masque attentif à regarder l'image d'un monstre qu'on montrait pour dix sous. Je m'approche, et je lui demande de quel droit elle m'avait battu.

— Pour vous punir, répondit-elle, de ce que vous ne me connaissez pas après m'avoir sauvé la vie.

Le masque qui l'accompagnait, et qui n'était autre qu'un officier allemand, ne demanda à son tour si je voulais lui faire l'honneur d'aller dîner avec eux au Sauvage. J'acceptai, car j'étais curieux de connaître cette femme : ce que j'en avais vu lors de sa chute rendait ma curiosité très naturelle. Le dîner fut aussi gai que possible, mais j'aurais voulu savoir si l'officier était son mari, son amant, son parent ou son conducteur. Ma curiosité fut bientôt satisfaite.

Le lendemain matin, on m'annonce un officier, c'était lui-même. Après quelques compliments d'usage, je le priai de me dire à qui j'avais le plaisir de parler.

— Je m'appelle Paul C..., dit-il. Mon père

est riche et considéré à la Bourse ; mais nous sommes brouillés. Je demeure sur le quai de Saint-Marc. La dame que vous avez vue est femme d'un courtier et belle-sœur d'un patricien ; elle est brouillée avec son mari, et j'en suis la cause, comme je suis brouillé avec mon père à cause d'elle. Je porte cet uniforme en vertu d'un brevet de capitaine au service autrichien, bien que je n'aie jamais servi. Il y a quatre ans qu'ayant entendu parler de vous, je conçus le désir de faire votre connaissance, et je crois que c'est le ciel qui me l'a fait faire avant-hier. Je n'hésite pas à vous demander un service essentiel qui nous unira de l'amitié la plus étroite. Devenez mon soutien : acceptez ces trois lettres de change que j'ai là dans ma poche.

Étonné de ce discours, je résolus de ne point accepter une offre aussi singulière. Son éloquence redoubla pour me convaincre, mais je tins bon et je finis par opposer à son insistance un refus catégorique.

Il partit en me demandant excuse. Il me

laissa son adresse en me disant qu'à l'insu de
son père, il occupait encore son appartement.
C'était me dire que je devais lui rendre ma
visite. J'allai en effet le voir, jugeant qu'une
visite de politesse ne tirerait point à conséquence. Il eut l'aplomb de me reparler de son
affaire. Je le priai de ne plus insister, et je
me levais pour prendre congé, lorsqu'il me
dit qu'il allait me présenter sa mère et sa
sœur. Il sort. Deux minutes après, il rentre
avec elles.

*
* *

La mère était une femme d'un air ingénu
et respectable, mais la fille était un modèle de
beauté. J'en fus ébloui. Un quart d'heure
après, la trop confiante mère me demanda la
permission de se retirer et sa fille resta. Il
ne lui fallut pas une demi-heure pour me
captiver.

J'étais enchanté de toutes ses perfections,
et son esprit vif, naïf et nouveau pour moi,
sa candeur, son ingénuité, ses sentiments na-

turels et élevés, sa vivacité gaie et innocente, cet ensemble enfin qui se forme de la beauté, de l'esprit et de l'innocence, ensemble qui eut toujours sur moi un empire absolu, tout acheva de me rendre l'esclave de la femme la plus parfaite qu'il soit possible d'imaginer.

Il y avait deux jours que j'avais fait ma visite à Paul C..., lorsque je le rencontrai dans la rue. Il me dit que sa sœur ne faisait que parler de moi, qu'elle avait retenu une quantité de choses que je lui avais dites et que sa mère était enchantée qu'elle eût fait ma connaissance.

— Elle serait, me dit-il, un bon parti pour vous, car elle aura dix mille ducats courants de dot. Si vous venez me voir demain, nous prendrons le café avec ma mère et ma sœur.

Je m'étais promis de ne plus mettre le pied chez lui ; je ne tins pas parole. Au reste, en pareil cas, l'homme se détermine facilement à manquer à sa promesse.

Je passai trois heures à causer avec cette charmante personne, et je la quittai amoureux à l'excès. Je lui dis, avant de m'en aller, que j'enviais le sort de celui qui l'aurait pour femme, et ce compliment, le premier qu'elle eût reçu de cette espèce, couvrit son beau visage du plus vif incarnat.

En me retirant, je me mis à examiner le caractère du sentiment que j'éprouvais pour elle, et j'en fus effrayé, car je ne pouvais agir avec Graziella C... ni en honnête homme ni en libertin. Je ne pouvais me flatter d'obtenir sa main, et il me semble que j'aurais poignardé quiconque m'aurait conseillé de la séduire. J'avais besoin de me distraire : j'allai jouer. Le jeu est parfois un lénitif excellent pour calmer l'amour. Je jouai de bonheur et je me retirai la bourse pleine d'or.

Le lendemain, Paul C... vint me voir et me dit d'un air tout joyeux que sa mère avait permis à sa sœur d'aller à l'Opéra avec lui, que la petite en était enchantée parce qu'elle n'y avait jamais été, et que, si cela me faisait plaisir, je pouvais les attendre quelque part.

— Mais votre sœur sait-elle que vous voulez m'admettre de la partie ?

— Elle s'en fait une fête.

— Et madame votre mère, le sait-elle ?

— Non ; mais, quand elle le saura, elle n'en sera pas fâchée, car vous lui avez inspiré de la considération.

— Je vais tâcher d'avoir une loge.

— Fort bien : vous nous attendrez à tel endroit.

Le drôle ne me parlait plus de lettres de change, et, voyant que je ne courtisais plus sa dame et que j'étais épris de sa sœur, il avait enfanté le beau projet de me la vendre. Je plaignais la mère et la fille qui se confiaient à un pareil sujet ; mais je n'avais pas assez de vertu pour refuser la partie. J'allai même jusqu'à me persuader que, puisque je l'aimais, je devais accepter pour la préserver d'autres piéges ; car, si j'avais refusé, il aurait pu trouver quelqu'un moins scrupuleux, et cette idée m'était insupportable. Il me semblait qu'avec moi elle ne courait aucun risque.

* *

Je louai une loge à l'opéra Saint-Samuel et je les attendis au lieu indiqué longtemps avant l'heure. Ils vinrent, et je fus ravi à l'aspect de ma jeune amie. Elle était élégamment masquée et son frère était en uniforme. Pour ne pas exposer cette charmante personne à être reconnue à cause de son frère, je les fis entrer dans ma gondole. Il voulut que je le fisse débarquer chez sa maîtresse, qu'il nous dit être malade, nous priant de nous rendre à notre loge, où il viendrait nous rejoindre.

Je fus surpris que Graziella ne montrât ni suprise ni répugnance à rester seule avec moi dans la gondole, mais, quant à la disparition du frère, elle ne m'étonna aucunement, car il était évident qu'il voulait en tirer parti.

Je dis à Graziella que jusqu'à l'heure du théâtre nous nous ferions voguer, et que, la chaleur étant forte, elle devait se démasquer, ce qu'elle fit à l'instant. L'obligation que je m'étais imposée de la respecter, la noble assurance qui brillait sur ses traits comme la confiance dans ses regards, la joie innocente qu'elle exprimait, tout faisait accroître mon amour.

Ne sachant que lui dire, car naturellement je ne pouvais lui parler que d'amour, et le point était délicat, je me contentais de fixer sa charmante figure, n'osant pas porter mes regards sur des globes naissants arrondis par les amours, de crainte d'alarmer sa pudeur.

— Dites-moi donc quelque chose, me dit-elle. Vous ne faites que me regarder sans me dire un seul mot. Vous paraissez triste.

— Si je ne vous parle pas, belle Graziella, c'est que je suis trop ému du bonheur que me fait éprouver votre angélique confiance.

— J'en suis enchantée, mais comment pourrais-je manquer de confiance en vous? Ma mère dit qu'on ne peut pas s'y tromper et que sûrement vous êtes très honnête. D'ailleurs, vous n'êtes pas marié. C'est la première chose que j'ai demandée à mon frère.

Vous souvenez-vous que vous m'avez dit que vous enviiez le sort de celui qui m'aurait pour femme ? Moi, je me disais dans le même moment que celle qui vous aura pour époux sera la plus heureuse de Venise.

Ces paroles, prononcées avec la naïveté la plus candide et avec ce ton de sincérité qui part du cœur firent sur moi un effet difficile à décrire. Je souffrais de n'oser imprimer le plus tendre baiser sur les lèvres vermeilles qui venaient de les prononcer, mais en même temps j'éprouvais une délicieuse jouissance de me voir aimé de cet ange.

L'heure du théâtre étant venue, nous débarquâmes, et le spectacle l'occupa tout entière. Son frère ne vint nous trouver que vers la fin ; car cela entrait dans son calcul. Je leur donnai à souper dans une auberge, où le plaisir de voir cette charmante personne manger de très bon appétit me fit oublier que je n'avais pas diné. Je ne parlai presque pas pendant tout le souper ; car j'étais malade d'amour et dans un tel état d'irritation qu'il était impossible qu'il durât longtemps. Pour excuser mon silence, j'affectai d'avoir mal aux dents ; on me plaignit et on me laissa garder le silence.

Après souper, Paul dit à sa sœur que j'étais amoureux d'elle, que je me sentirais soulagé si elle me permettait de l'embrasser. Pour toute réponse, elle se tourne vers moi avec des lèvres riantes qui appelaient le baiser. Je brûlais, mais je respectais tant cette innocente et naïve créature que je ne l'embrassai que sur la joue, et encore d'une manière très froide en apparence.

— Quel baiser ! s'écria Paul. Allons, allons, un bon baiser d'amour !

Je ne bougeai pas. L'impudent instigateur m'ennuyait ; mais sa sœur, en détournant la tête, dit d'un air pénétré :

— Ne le pressez pas, car je n'ai pas le bonheur de lui plaire.

Cette expression alarma mon amour ; je ne fus plus maître de moi-même.

— Quoi ! m'écriai-je avec feu, quoi ! belle

Graziella, vous ne daignez pas attribuer ma retenue au sentiment que vous m'inspirez? Vous croyez ne pas me plaire? S'il ne faut qu'un baiser pour vous en assurer, recevez-le avec tout le sentiment que j'éprouve.

Alors, la prenant dans mes bras et la serrant amoureusement contre mon sein, je lui imprimai sur la bouche un long et ardent baiser que je mourais d'envie de lui donner ; mais, à sa nature, la timide colombe sentit qu'elle était tombée dans les serres du vautour. Elle se débarrassa de mes bras, tout étonnée de m'avoir découvert amoureux par cette voie. Son frère m'applaudissait, tandis que, pour cacher son trouble, elle se remettait en masque.

Je lui demandai si elle croyait encore qu'elle ne me plaisait pas.

— Vous m'avez convaincue, me dit-elle. Mais, pour m'avoir détrompée, vous ne devez pas me punir.

Je trouvai cette réponse très délicate, car elle était dictée par le sentiment ; mais son frère qu'elle ne satisfaisait pas la traita de bêtise.

Dès que nous eûmes repris nos masques, nous partîmes, et, après les avoir reconduits chez eux, je me retirai très amoureux, content au fond et pourtant fort triste.

****

Le lendemain, Paul C... entra chez moi d'un air de triomphe en me disant que sa sœur avait dit à sa mère que nous nous aimions et que, si elle devait se marier, elle ne pourrait être heureuse qu'avec moi.

— J'adore votre sœur, lui dis-je, mais croyez-vous que votre père veuille me l'accorder ?

— Je ne le crois pas, mais il est vieux. En attendant, aimez. Ma mère permet qu'elle aille ce soir à l'Opéra avec nous.

— Eh bien ! mon cher ami, nous irons.

Nous nous donnâmes rendez-vous le soir, et nous nous séparâmes. Après m'être habillé, je sortis ; j'achetai une douzaine de paires de gants, autant de paires de bas de soie et une paire de jarretières brodées avec des agrafes d'or, me faisant une fête de faire ce premier présent à ma nouvelle amie.

Je n'ai pas besoin de dire que je fus exact au rendez-vous. Dès que je les eus joints, Paul me dit qu'ayant des affaires, il me laissait avec sa sœur et qu'il viendrait nous rejoindre au théâtre. Quand il fut parti, je dis à Graziella que nous ne pouvions que nous aller promener en gondole jusqu'à l'heure de l'opéra.

— Non, me répondit-elle. Allons plutôt dans un jardin de la Zuecca.

— Bien volontiers.

Je prends une gondole de trajet, et nous allons à Saint-Blaise, dans un jardin que je connaissais et dont, au moyen d'un sequin, je me rendis maître pour toute la journée. Personne n'y pouvait plus entrer. Il se trouve que nous n'avions dîné ni l'un ni l'autre ; et, ayant ordonné un bon repas, nous montons dans un appartement, d'où, après avoir quitté nos habits de masques, nous redescendons dans le jardin,

L'aimable Graziella n'avait qu'un corset de taffetas et une petite jupe de même étoffe, mais elle était à ravir dans ce léger costume ! Mon œil amoureux perçait ces voiles, et mon âme la voyait toute nue ; je soupirais de désirs, de retenue et de volupté.

Dès que nous fûmes dans la longue allée, ma jeune compagne, leste comme la biche légère, se voyant libre sur la pelouse et n'ayant jamais jusqu'alors joui de ce bonheur, se mit à courir à droite, à gauche, avec tous les signes de la gaieté qui la dominait. Bientôt, obligée de s'arrêter faute d'haleine, elle se mit à rire en me voyant la contempler en silence dans une sorte d'extase. Bientôt elle me défie à la course ; le jeu me plait ; j'accepte ; mais je veux l'intéresser par une gageure.

— Celui qui perdra, lui dis-je, sera obligé de faire ce que le vainqueur voudra.

— Je le veux bien.

Nous établissons le but et nous partons. J'étais sûr de gagner, mais je voulus perdre pour voir ce qu'elle me condamnerait à faire. D'abord, elle court de toutes ses forces, tandis que je ménage les miennes, de sorte qu'elle arriva au but avant moi. Tout en reprenant haleine, elle pense à me donner une bonne pénitence, puis elle court se cacher derrière un arbre et me condamne ensuite à trouver sa bague. Elle l'avait cachée sur elle, et, par là, elle me mettait en possession de toute sa personne. Je trouvai la chose charmante, car j'y vis clairement de la malice et de l'intention; cependant, je sentis que je ne devais pas en abuser, sa naïve confiance ayant besoin d'être encouragée. Nous nous asseyons sur l'herbe; je visite ses poches, les plis de son corset, ceux de son jupon, puis ses souliers, enfin jusqu'à ses jarretières qu'elle avait attachées au-dessous du genou. N'ayant encore rien trouvé, je continue mes recherches, et, comme la bague devait être sur elle, il fallait bien que je la trouvasse. Le lecteur devine sans doute que je soupçonnais la charmante cachette où ma belle l'avait mise ; mais, avant d'en venir là, il fallait que je me procurasse une foule de jouissances que je savourais avec délice. La bague finit par être découverte entre les deux plus beaux gardiens que la nature ait jamais arrondis ; mais j'étais si ému en la retirant que ma main tremblait visiblement.

— Pourquoi tremblez-vous ? me dit-elle.

— Je tremble de plaisir d'avoir trouvé la bague, car vous l'aviez si bien cachée ! mais vous me devez ma revanche, et, cette fois, vous ne vaincrez pas.

— Nous verrons.

Nous partons, et, ne la voyant pas courir bien vite, je crus que je la devancerais à volonté. Je me trompais. Elle avait ménagé ses forces, et, quand nous fûmes aux deux tiers de la course, elle s'élance tout à coup et je me vois perdu. Je m'avise d'une ruse dont l'effet est immanquable ; je fais semblant de tomber de tout mon long en poussant un cri douloureux. La pauvre petite s'arrête, court à moi tout effrayée et m'aide à me relever en me plaignant. Quand je me vois debout et devant, je me mets à rire, et, prenant mon élan, j'atteins le but avant elle.

La charmante coureuse, tout ébahie, me dit :

— Vous ne vous êtes donc pas blessé?

— Non, car je suis tombé exprès.

— Exprès? pour me tromper! Je ne vous aurais pas cru capable de cela. Il n'est pas permis de gagner par fraude, et je n'ai pas perdu.

— Oh, si! vous avez perdu, car j'ai atteint le but le premier ; et, ruse pour ruse, avouez que vous avez aussi cherché à me tromper en prenant l'élan.

— Enfin, je veux bien avoir perdu. Ordonnez, condamnez-moi, j'obéirai.

— Attendez. Asseyons-nous ; car j'ai besoin d'y penser. Je vous condamne à troquer de jarretières avec moi.

— De jarretières ? Vous les avez vues. Elles sont laides et ne valent rien.

— N'importe. Je penserai deux fois par jour à l'objet que j'aime, et à peu près aux mêmes instants où vous serez obligée de penser à moi.

— L'idée est fort jolie et elle me flatte. Je vous pardonne maintenant de m'avoir trompée. Voici mes vilaines jarretières.

— Voici les miennes.

— Ah ! mon cher trompeur, qu'elles sont belles ! Le joli présent ! qu'elles plairont à ma mère ! C'est sûrement un cadeau qu'on vient de vous faire, car elles sont toutes neuves ?

— Non, ce n'est pas un présent. Je les ai achetées pour vous, et je me suis creusé la cervelle pour trouver un moyen de vous les faire agréer. C'est l'amour qui m'a suggéré de les faire devenir le prix d'une course. A présent, vous pouvez vous figurer ma peine quand je vous ai vue au moment de me gagner.

— Mais vous m'apprendrez à accrocher ces agrafes ?

— Oui, bien certainement.

Nous allâmes dîner. Après le repas, auquel nous fîmes également honneur, elle devint plus gaie et moi plus amoureux. Impatiente de mettre ses jarretières, elle me pria de l'aider, de la meilleure foi du monde, et sans malice ni coquetterie. Trouvant que ses bas étaient trop courts pour lui attacher la jarretière au-dessus du genou, elle me dit qu'elle les mettrait avec des bas plus longs, et, à l'instant, tirant adroitement de ma poche ceux que j'avais achetés, je les lui fais accepter.

Joyeuse et pleine de reconnaissance, elle s'assied sur moi et dans l'effusion de son contentement, elle me donne tous les baisers qu'elle aurait donnés à son propre père, s'il lui avait fait un pareil présent. Je lui rendais ses baisers, en continuant à dompter avec force la violence de mes désirs. Je me contentais de lui dire qu'un seul de ses baisers valait plus qu'un royaume.

Ma charmante Graziella se déchaussa et se

mit une paire de bas qui lui allaient jusqu'à moitié de la cuisse. Plus je la découvrais innocente, moins j'osais me déterminer à m'emparer de cette ravissante proie.

Nous redescendîmes au jardin, et, après nous être promenés jusqu'au soir, nous allâmes à l'Opéra.

* *

Nous étions tout étonnés de ne pas voir son frère. Nous avions à notre gauche le marquis de Montalègre, ambassadeur d'Espagne, et à notre droite deux masques, homme et femme, qui ne s'étaient point démasqués et qui avaient constamment les yeux sur nous.

Pendant le ballet, Graziella ayant mis le texte de l'opéra sur la hauteur d'appui de la loge voisine, le masque allongea le bras et le prit. Jugeant par là que nous devions en être connus, je le dis à mon amie, qui se tourna et reconnut son frère. Le masque femelle ne pouvait être que sa maîtresse.

Comme Paul connaissait le numéro de notre

loge, il avait pris la loge voisine, et, comme
ce ne pouvait pas être sans intention, je prévis
qu'il allait faire souper sa sœur avec cette
femme. J'en étais fâché, mais je ne pouvais
éviter la chose qu'en rompant en visière, et
j'étais amoureux.

Après le second ballet, il vint dans notre
loge avec sa belle, et, après les compliments
d'usage, la connaissance se trouva faite, et
nous dûmes aller souper à son casino. Dès
que les deux dames furent démasquées, elles
s'embrassèrent, et la maîtresse de Paul combla
ma jeune amie de prévénances et d'éloges. A
table, elle affecta de la traiter avec une affabi-
lité extrême, et Graziella, n'ayant pas l'usage
du monde, la traita avec un extrême respect.

Cependant, je voyais que Paul, fou de
gaieté, s'épuisait en plates plaisanteries dont
sa belle seule riait. Moi, dans ma mauvaise
humeur, j'en haussais les épaules, et sa sœur
n'y entendait rien et par conséquent n'y
répondait point. En somme, notre quadrille,
mal assorti, était fort maussade.

Au dessert, Paul, un peu échauffé par le vin, embrassa sa belle et me provoqua à imiter son exemple avec sa sœur. Je lui dis qu'aimant réellement mademoiselle Graziella C..., je ne prendrais ces libertés que lorsque j'aurais acquis des droits sur son cœur. Il se mit à plaisanter là-dessus, mais sa maîtresse lui imposa silence. Reconnaissant de cet acte de décence, je tire de ma poche la douzaine de gants que j'avais achetés, et, après lui avoir fait présent de six paires, je priai mon amie d'accepter les autres.

Paul se leva de table en ricanant, entraînant sa maîtresse qui était un peu dans les vignes du Seigneur, et se jeta avec elle sur un canapé. La scène devenant lubrique, je me plaçai de manière à les cacher, et j'entraînai doucement mon amie dans l'embrasure d'une fenêtre. Je n'avais pu empêcher que Graziella ne vît dans une glace la situation des deux impudents, et elle avait le visage tout en feu. Cependant, ne lui tenant que des propos décents, elle me parlait de ses beaux gants qu'elle pliait sur la console.

Après son brutal exploit, l'impudent Paul vint m'embrasser, et sa dévergondée compagne, imitant son exemple, embrassa ma jeune amie, en lui disant qu'elle était sûre qu'elle n'avait rien vu.

Graziella lui répondit modestement qu'elle ne savait pas ce qu'elle aurait pu voir ; mais un regard qu'elle m'adressa me fit deviner tout ce qu'elle éprouvait. J'étais indigné, et dès le lendemain j'allai trouver Paul. Après lui avoir dit que j'adorais sa sœur avec l'intention la plus pure, je lui fis sentir toute la peine qu'il m'avait faite en oubliant tous les égards, et cette pudeur que le libertin le plus achevé ne doit jamais blesser, s'il a quelque prétention à la bonne société.

Il s'excusa sur son ivresse et sur ce qu'il ne croyait pas que j'eusse pour sa sœur un amour qui exclût la jouissance. Il me demanda pardon, m'embrassa en pleurant, et j'allais peut-être me laisser attendrir, quand je vis entrer sa mère et sa sœur, qui me remerciè-

rent avec effusion de cœur du joli présent
que je lui avais fait. Je répondis à la mère que
je n'aimais sa fille que dans l'espérance qu'elle
me l'accorderait pour épouse. Elle me remercia
affectueusement et se retira.

C'était le jour de la Pentecôte, et, comme il
y avait relâche au théâtre, Paul me dit que, si
je voulais me trouver le lendemain au même
endroit que les autres jours, il me remettrait
sa sœur et que, comme l'honneur ne lui permettait pas de laisser sa maîtresse seule, il
nous laisserait, nous, en toute liberté.

— Je vous donnerai ma clef, me dit-il, et
vous reconduirez ma sœur ici après que vous
aurez soupé où bon vous semblera.

En achevant ces mots, il me donna la clef
que je n'eus pas la force de refuser, et il nous
laissa. Je sortis un instant après lui, en disant
à mon amie que nous irions le lendemain au
jardin de la Zuecca.

— Le parti qu'a pris mon frère, me dit-elle,
est le plus honnête qu'il pût prendre.

* *

Je fus exact au rendez-vous, et, brûlant
d'amour, je pressentais ce qui allait arriver.
J'avais eu soin de louer une loge à l'Opéra ;
mais, pour attendre le soir, nous allâmes à
notre jardin. Comme c'était un jour de fête, il
y avait plusieurs petites sociétés à des tables
séparées, et, ne voulant nous mêler avec
personne, nous résolûmes de rester dans un
appartement que nous nous fîmes donner, ne
nous souciant de voir l'opéra que vers la fin.
En conséquence, j'ordonnai un bon souper,
et ma charmante amie me dit que nous ne
nous ennuierions pas. Elle se débarrassa de
son accoutrement de masque et vint s'asseoir
sur mes genoux, en me disant que j'avais
achevé de la subjuguer par la manière dont je
l'avais ménagée après l'affreux souper ; mais
tous nos raisonnements étaient accompagnés
de baisers qui peu à peu devenaient de
flamme.

— As tu vu, me dit-elle, ce que mon frère fit à sa dame lorsqu'elle se mit à cheval sur lui? Je ne vis rien qu'au miroir, mais je me figurai bien la chose.

— N'as-tu pas craint que je te traitasse de même?

— Non, je t'assure. Comment aurais-je pu le craindre, sachant combien tu m'aimes? tu m'aurais tellement humiliée que je n'aurais plus pu t'aimer. Nous nous réserverons pour quand nous serons mariés, n'est-ce pas, mon ami? Tu ne saurais te figurer la joie que j'ai éprouvée en t'entendant t'expliquer à ma mère? Nous nous aimerons toujours. Mais, à propos, mon ami, explique-moi les mots qui sont brodés sur les jarretières.

— Y a-t-il une devise? je n'en savais rien.

— Oh! oui; c'est français : fais-moi le plaisir de lire.

Assise sur moi, elle détache une jarretière, pendant que je lui détache l'autre. Voici les deux vers que j'aurais dû lire avant de lui faire ce présent :

En voyant chaque jour le bijou de ma belle,
Vous lui direz qu'Amour veut qu'il lui soit fidèle.

Ces vers, fort libres sans doute, me parurent bien faits, comiques et pleins d'esprit. J'éclatai de rire, et je redoublai, lorsque, pour la contenter, je dus lui en traduire le sens. Comme c'était une idée neuve pour elle, j'eus besoin d'entrer dans des détails qui nous mirent tout en feu.

— Je n'oserai plus, me dit-elle, faire voir mes jarretières à personne, et j'en suis fâchée.

Comme j'avais pris un air pensif :

— Dis-moi, me dit-elle, à quoi tu penses ?

— Je pense que ces fortunées jarretières ont un privilège que je n'aurai peut-être jamais. Que je voudrais être à leur place ! Je mourrai peut-être de ce désir, et je mourrai malheureux.

— Non, mon ami, car je suis dans le même

cas que toi, et je suis sûre de vivre. D'ailleurs, nous pouvons hâter notre mariage. Pour moi, je suis prête à te donner ma foi dès demain, si tu veux. Nous sommes libres, et mon père devra y consentir.

— Tu raisonnes juste, car l'honneur même l'y forcerait. Cependant je veux lui donner une marque de respect en te faisant demander, et ensuite notre maison sera bientôt faite. Ce sera dans huit ou dix jours.

— Sitôt? tu verras qu'il répondra que je suis trop jeune.

— Et il dira peut-être vrai.

— Non, car je suis jeune, mais non pas trop, et je suis bien sûre que je puis être ta femme.

J'étais sur une fournaise, et toute résistance au feu qui me brûlait commençait à me devenir impossible.

— Toi que je chéris, lui dis-je, es-tu bien sûre que je t'aime? Me crois-tu capable de te tromper? Es-tu certaine de ne jamais te repentir d'être mon épouse?

— J'en suis plus que certaine, mon cœur ; car tu ne saurais vouloir faire mon malheur.

— Eh bien ! devenons époux dès cet instant. Dieu seul sera témoin de nos serments, et nous ne saurions en avoir de plus loyal, car Il connaît la pureté de nos intentions. Donnons-nous réciproquement notre foi, unissons nos destinées et soyons heureux. Nous fortifierons notre tendre lien du consentement de ton père et des cérémonies de la religion aussitôt qu'il nous sera possible. En attendant, sois à moi, sois toute à moi.

— Dispose de moi, mon ami. Je promets à Dieu et à toi d'être dès ce moment et pour la vie ta fidèle épouse : je m'expliquerai ainsi à mon père, au prêtre qui bénira notre union, enfin à tout le monde.

— Je te fais le même serment, ma tendre amie, et je t'assure que nous sommes parfaitement mariés. Viens dans mes bras, achève mon bonheur.

— Oh ! mon Dieu ! est-il possible que je touche de si près au bonheur !

Après l'avoir tendrement embrassée, j'allai dire à la maîtresse du casino de ne nous apporter à manger que lorsque nous l'appellerions, et de ne point nous interrompre. Pendant ce temps, ma charmante Graziella s'était jetée sur le lit tout habillée, mais je lui dis que les voiles importuns effarouchaient l'amour, et, en moins d'une minute, j'en fis une nouvelle Ève, belle et nue comme si elle n'avait fait que sortir des mains du suprême artiste. Sa peau douce comme un satin était d'une blancheur éblouissante, que relevait encore sa superbe chevelure d'ébène que j'avais étendue sur ses épaules d'albâtre. Sa taille svelte, ses hanches saillantes, sa gorge parfaitement moulée, ses lèvres de rose, son teint animé, ses grands yeux d'où s'échappaient à la fois la douceur et l'étincelle du désir, tout en elle était d'une beauté parfaite et présentait à mes regards avides la perfection de la mère des amours embellie de tout ce que la pudeur répand de charmes sur les attraits d'une belle femme.

Hors de moi-même, je commençais à craindre que mon bonheur ne fût pas réel, ou qu'il ne pût pas devenir parfait par une complète jouissance, lorsque l'amour malin s'avisa dans un moment si sérieux de me fournir matière à rire.

— Serait-ce une loi, me dit ma déesse, que l'époux ne dût pas se déshabiller ?

— Non, cher ange, non ; et si c'en était une, je la trouverais trop barbare pour m'y soumettre.

En un instant, je fus débarrassé de tous mes vêtements, et mon amante se livra à son tour à toutes les impulsions de l'instinct et de la curiosité, car tout en moi était nouveau pour elle. Enfin, comme accablée de la jouissance des yeux, elle me presse fortement contre son sein et s'écrie :

— Oh ! mon ami, quelle différence de toi à mon oreiller !

— A ton oreiller, mon cœur ! Mais tu ris : explique-moi cela.

— C'est un enfantillage ; mais tu n'en seras pas fâché ?

— Fâché ! pourrais-je l'être avec toi dans le plus doux instant de ma vie ?

— Eh bien ! depuis plusieurs jours, je ne pouvais pas m'endormir sans tenir mon oreiller entre mes bras. Je le caressais, je l'appelais mon cher mari. Je me figurais que c'était toi, et, quand une douce jouissance m'avait rendue immobile, je m'endormais, et le matin je retrouvais mon grand coussin entre mes bras.

Ma chère Graziella devint ma femme en héroïne ; car l'excès de son amour même lui rendit la douleur délicieuse. Après trois heures passées dans les plus doux ébats, je me levai et j'appelai pour qu'on nous apportât à souper. Le repas fut frugal, mais délicieux. Nous nous entre-regardions sans parler, car que nous dire qui valût ce que nous sentions ? Nous trouvions notre bonheur extrême, et nous en jouissions dans la persuasion que nous pouvions le renouveler à notre gré.

L'hôtesse monta pour nous demander si nous n'irions pas à l'opéra, qu'on disait si beau.

— Est-ce que vous n'y avez jamais été?

— Jamais, car, pour des gens comme nous, c'est trop cher. Ma fille en est si curieuse que, Dieu me pardonne! je crois qu'elle se donnerait pour avoir le plaisir d'y aller une fois.

— Elle le payerait cher, dit ma petite femme en riant. Mon ami, nous pourrions faire son bonheur sans qu'il lui en coutât si cher, car cela fait bien mal.

— J'y pensais, mon amie. Tiens, voilà la clef de la loge ; tu peux leur en faire présent.

— Tenez, dit-elle à l'hôtesse, voici la clet d'une loge du théâtre Saint-Moïse. Elle coûte deux sequins, allez-y à notre place, et dites à votre fille de garder sa rose pour quelque chose de mieux. Pour que vous puissiez bien vous divertir, la mère, voilà deux sequins, lui dis-je. Faites bien amuser votre fille.

La bonne femme, tout ébahie de la générosité de ses hôtes, courut trouver sa fille, pendant que nous nous applaudissions de nous être mis dans la nécessité de nous recoucher. L'hôtesse remonta avec sa fille, belle blonde, très appétissante et qui voulut absolument baiser la main à ses bienfaiteurs.

— Elle va partir à l'instant avec son amoureux, nous dit la mère. Il est là-bas; mais je ne la laisserai pas aller seule, car c'est un gaillard! j'irai avec eux.

— Fort bien, ma bonne, mais, à votre retour, faites attendre la gondole qui vous mènera; nous nous en servirons pour retourner à Venise.

— Quoi! vous voulez rester ici jusqu'à notre retour?

— Oui, car nous nous sommes mariés aujourd'hui.

— Aujourd'hui! Dieu vous bénisse.

S'étant alors approchée du lit pour l'arranger, elle aperçut les traces vénérables de la sagesse de mon épouse, et, dans un mouvement de joie, elle vint embrasser ma chère Graziella. Ensuite, elle se mit à faire un sermon à sa fille, en lui montrant ce qui, selon elle, faisait un bonheur infini à la jeune mariée.

— Marques respectables ! disait-elle. L'hymen ne vous voit que rarement sur son autel.

Les deux femmes étant sorties, nous nous recouchâmes, et quatre heures de délicieuses extases se passèrent avec une extrême rapidité.

Épuisés de bonheur, nous nous endormions, quand l'hôtesse vint nous dire que la gondole nous attendait. Je me levai de suite pour lui ouvrir dans l'espoir de rire de ce qu'elle nous conterait de l'Opéra, mais elle laissa ce soin à sa fille qui était montée avec elle, et alla nous préparer du café, que nous prîmes bien chaud avant de partir.

L'aube du jour commençait à poindre lorsque nous débarquâmes à la place Sainte-Sophie pour mettre en défaut la curiosité des gondoliers, et nous nous quittâmes heureux, contents et certains que nous étions parfaitement mariés. J'allai me coucher, déterminé à

obtenir légalement la main de mon adorable
Graziella.

* *

J'envoyai sans retard mon vieil ami M. de
Bragadin trouver le père de ma maîtresse, qui
s'opposa absolument à notre mariage. Bien
plus, il mit Graziella en pension au couvent
de Mura, espérant par ce moyen extrême
mettre fin à une amourette qu'il jugeait à
peine ébauchée. Il se trompait. Graziella avait
eu l'amour pour précepteur, et l'amour fait
des miracles : nos relations continuèrent, plus
douces, plus voluptueuses que jamais.

CASANOVA DE SEINGALT

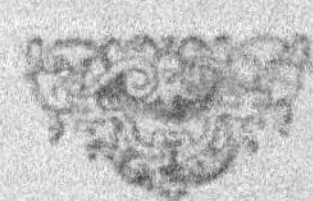

V

LE COCU ARMÉ

E roi Charles VII étant naguère en
sa ville de Tours, un gentil
compagnon écossais, archer de son
corps et de sa grande garde, s'en-
amoura très fort d'une très belle et gente
demoiselle, mariée et mercière, et, quand il
sut trouver temps et lieu, il conta le moins
mal qu'il put son très gracieux et piteux cas,
auquel ne fut pas bien répondu à son avan-
tage, dont il n'était pas trop content ni

joyeux. Néanmoins, car il avait la chose fort au cœur, il ne laisse pas sa poursuite, mais de plus et très aigrement persévéra tant que la demoiselle, voulant le chasser et lui donner congé définitif, lui dit qu'elle avertirait son mari de la poursuite déshonnête et damnable dont elle était l'objet. Elle le fit comme elle l'avait dit, tout au long.

Le mari, bon et sage, preux et vaillant, comme après vous sera conté, se courrouça amèrement contre l'écossais, qui voulait le déshonorer et sa très bonne femme aussi. Pour bien se venger de lui et à son aise et une fois pour toutes, il commanda à sa femme que, s'il continuait à lui faire la cour, elle lui baillât et assignât jour, et que, s'il était assez fol pour y comparaître, il payerait cher sa folie.

La bonne femme, pour obéir au bon plaisir de son mari, dit qu'elle le ferait. Elle n'attendit guère. Le pauvre Écossais amoureux fit tant de tours qu'il vit en place notre mercière, qui fut par lui humblement saluée, et

de rechef d'amours si doucement priée que
la belle mercière, se souvenant de la leçon de
son mari, bailla jour à l'Écossais le lendemain
soir. Elle lui dit de venir personnellement en
sa chambre pour lui dire en ce lieu plus
longuement le surplus de son intention et
le grand bien qu'il lui voulait.

Pensez qu'elle fut hautement remerciée,
doucement écoutée et de bon cœur obéie de
celui qui, après ces bonnes nouvelles, laissa
sa dame plus joyeux que jamais il avait été.

Le soir du lendemain approcha, très désiré
du pauvre Écossais amoureux, pour voir et
jouir de sa dame, très désiré du bon mercier
pour accomplir la très criminelle vengeance
qu'il voulait exécuter sur la personne de celui
qui voulait être son lieutenant, très redouté
de la bonne femme qui s'attendait à une
grande dispute. Au fort, chacun s'apprête.
Le mercier se fait armer d'un grand, lourd et
vieil harnais, prend son casque, ses gantelets et
en sa main une grande hache. Or, est-il bien en
point? Dieu le sait, et il semble bien qu'autres

fois il ait vu des querelles, et de violentes !

Comme un champion venu sur les rangs de bonne heure et attendant son ennemi, en lieu de pavillon, il se va mettre derrière la ruelle de son lit, se cachant très bien qu'il ne pouvait être aperçu. L'amoureux, sentant l'heure très désirée, se met en chemin vers la demeure de la mercière ; mais il n'oublia pas sa grande, forte et bonne épée à deux mains.

Dès qu'il fut arrivé, la dame monta en sa chambre sans bruit, et il la suivit tout doucement. Et, quand il se trouve céans, il demande à sa dame si en sa chambre il y avait autre personne qu'elle. A quoi elle répondit assez lâchement et étrangement, et comme peu rassurée, que non.

— Dites vérité, dit l'Écossais. Votre mari n'y est-il pas ?

— Nenny, dit-elle.

— Or, le laissez venir. Par Saint-Trignan ! S'il y vient, je lui fendrai la tête jusqu'aux dents. Voire, par Dieu ! s'ils étaient trois, j'en serais bien maître hardiment.

Et, après ces criminelles paroles, il nous tire hors du fourreau sa grande et bonne épée, et la brandit trois ou quatre fois, et auprès de lui sur le lit la couche. Cela fait, il accomplit l'œuvre de chair tout à son aise et loisir, sans que le pauvre cocu de la ruelle s'osât montrer, tant il mourait de peur.

Notre Écossais, après cette haute aventure, prend de sa dame congé jusqu'à une autre fois, la remercie comme il sait de sa grande courtoisie, et se met en chemin pour descendre les degrés de la chambre.

Quand le vaillant homme d'armes sut l'Écossais loin de lui, tout effrayé, sans seulement pouvoir parler, il sauta de sa cachette et commence à tancer sa femme de ce qu'elle avait souffert le plaisir de l'archer. Elle lui répondit qu'il l'avait chargée de bailler jour à l'Écossais.

— Je ne vous commandais pas, dit-il, de lui laisser faire sa volonté.

— Comment, dit-elle, le pouvais-je refuser, voyant sa grande épée, dont il m'eût tuée en cas de refus?

A ces mots, voici le bon Écossais qui retourne, monte les degrés de la chambre, saute dans le lit et dit tout haut :

— Qu'est ceci ?

Et le bonhomme de se sauver, et dessous le lit se bouter pour être plus en sûreté, beaucoup plus ébahi qu'auparavant. La dame fut reprise, et de rechef par l'amoureux, enferrée très bien et à loisir, en la même façon que dessus, toujours l'épée auprès de lui.

Après cette rencharge et plusieurs autres devises entre l'Écossais et la dame, l'heure vint de partir. Il lui donne bonne nuit et s'en va. Le pauvre martyr était sous le lit ; il n'osait en sortir, craignant le retour de son adversaire, ou, pour mieux dire, de son collaborateur. Pourtant, il prit courage, et, avec l'aide de sa femme, Dieu merci ! il fut remis sur pied.

S'il avait bien tancé et vilipendé la malheureuse auparavant, encore recommença-t-il de plus belle : car elle avait consenti après sa défense le déshonneur de lui et d'elle.

— Hélas! dit-elle, et où est la femme assez assurée pour oser se dédire vis-à-vis d'un homme aussi échauffé et enragé que celui-ci, lorsque vous, qui êtes armé et si vaillant d'ordinaire, vous qu'il a plus outragé que moi, ne l'avez osé assaillir ni me défendre?

— Ce n'est pas une réponse, madame, dit-il. Si vous n'eussiez voulu, jamais il ne fût parvenu à ses fins. Vous êtes Mauvaise et déloyale.

— Mais, dit-elle, lâche, méchant et blâmable homme, par qui je suis déshonorée, c'est pour vous obéir que j'assignai le maudit jour à l'Écossais, et vous n'avez même pas eu le courage d'entreprendre la défense de celle où gît tout votre bien et votre honneur. Et ne pensez pas que je n'eusse pas préféré la mort à cette ignominie. Dieu sait le deuil que j'en porte et que j'en porterai tant que je vivrai, quand celui de qui je dois avoir et attendre tous secours, m'a laissé déshonorer en sa présence et par son propre avis.

LOUIS XI.

VI

LE FAUX EUNUQUE

Londres, en Angleterre, il y avait naguère un procureur au Parlement qui, entre autres serviteurs, avait un clerc habile et diligent et bien écrivant, qui très beau fils était, et, ce qu'on ne doit pas oublier, pour un homme de son âge, il n'en était point de plus subtil.

Ce gentil clerc, frais et vigoureux, fut tantôt piqué de sa maîtresse qui très belle, très gentille et gracieuse était, et il advint par bonheur que, d'autre part, il était le seul homme au monde qui plût à la belle. Les circonstances étaient donc propices, et, de fait, toute crainte mise de côté, il raconta à sa dite maîtresse son très gracieux et doux mal, laquelle, pour la grande courtoisie que Dieu en elle n'avait pas oubliée, déjà aussi atteinte, ne le fit guère languir; car, après plusieurs excuses et remontrances qu'elle lui opposa brièvement, elle fut contente qu'il sût qu'il lui plaisait bien.

L'autre, qui entendait son latin, plus joyeux que jamais il n'avait été, s'avisa de battre le fer, tandis qu'il était chaud, et si raide sa besogne poursuivit qu'en peu de temps il jouit de ses amours. L'amour de la maîtresse au clerc et du clerc à elle était et fut longtemps si ardent que jamais gens ne furent plus épris.

En ce très joyeux passe-temps se passèrent plusieurs jours qui parurent bien courts aux amants, lesquels tant donnés l'un à l'autre étaient qu'ils eussent tout sacrifié pour vivre toujours en cette façon.

Comme un jour ensemble ils étaient, après les très hauts biens que l'amour leur avait laissé prendre, ils devisaient en se promenant par une salle, et ils se demandaient comment leur bonheur pourrait se continuer sûrement, sans que l'embûche de leur dangereuse entreprise fût découverte au mari d'elle, qui dans le rang des jaloux se tenait au premier. Plus d'un avis leur fut donné à ce sujet, et la finale conclusion que le bon clerc prit fut la suivante.

Un jour, voyant son maître assez content de lui, il entreprit de parler et il lui dit en grande révérence qu'il avait en son cœur un secret que volontiers lui déclarerait s'il osait. Et ne vous faut pas cacher que comme plusieurs femmes ont larmes à commandement qu'elles épandent toutefois ou le plus souvent qu'elles veulent, ainsi fit notre bon clerc; car grosses larmes, en parlant, lui descendaient en très grande abondance; et n'est homme qui ne crût qu'elles ne fussent de contrition, de piété ou de bonne intention.

Le pauvre maître abusé, entendant son clerc, ne fut pas un peu ébahi ni émerveillé, mais il croyait bien qu'il y eût autre chose que ce que après il sut. Si lui dit :

— Que vous faut-il, mon fils ? et qu'avez-vous à pleurer maintenant ?

— Hélas ! sire, et j'ai bien cause plus que nul autre d'avoir du chagrin ; mais, hélas ! mon cas est tant étrange, et non pas moins piteux et surtout devant être tenu secret, que, malgré mon désir de vouloir vous le dire, j'hésite quand je songe à tout mon malheur.

— Ne pleurez plus, mon fils, répondit le maître, et dites-moi ce qu'il vous faut, je vous assure que, si je puis vous aider, je m'y emploierai comme je dois.

— Ah ! mon maître, dit le renard clerc, je vous remercie. Mais j'ai bien tout regardé, je ne pense pas que ma langue eût la puissance de découvrir la très grande infortune que j'ai si longuement portée.

— Osez-moi ces propos et toutes ces doléances, dit le maître. Je suis celui à qui ne devez rien celer; je veux savoir ce que vous avez; avancez-vous et me le dites.

Le clerc, par malice, se fit beaucoup prier, fit semblant de ne pas oser, et, à grande abondance de larmes et à volonté de se laisser dompter, il dit qu'il dira tout, mais il fait promettre à son maître que par lui jamais âme n'en saura nouvelle, car il aimerait autant ou mieux mourir que de voir son cas divulgué.

Cette promesse obtenue, le clerc, mort et décoloré, comme un homme condamné à potence, s'en va dire :

— Mon très bon maître, il est vrai que, bien que plusieurs gens et vous aussi pourriez penser que je suis un homme naturel comme un autre, ayant puissance d'avoir compagnie avec femme, et de faire lignée, je vous ose bien dire et montrer, que point je ne suis tel, ce dont, hélas! trop je m'afflige.

Et, à ces paroles, assurément tira son membre à perche et il lui fit montre de la peau où les c...... se logent, lesquels il avait, par industrie, fait monter en haut vers le petit ventre, et si bien les avait cachés, qu'il semblait qu'il n'en eût nul. Or, il dit :

— Mon maître, vous voyez mon infortune, donc de rechef je vous prie qu'elle soit celée. De plus, très humblement vous requiers pour tous les services que jamais vous rendis, qui ne sont pas aussi grands que je l'aurais voulu, que me fassiez avoir mon pain en quelque monastère dévot, où je puisse le surplus de mes jours au service de Dieu passer, car au monde ne puis-je rien servir.

L'abusé et déçu maître remontre à son clerc l'âpreté de la religion, le peu de mérite qui lui en viendrait quand il se veut rendre comme par déplaisir de son infortune, et faisant d'autres raisons lui amena, trop longues à raconter, tendant à le détourner de son prétendu projet. Il vous faut aussi savoir que pour rien il ne l'eût voulu abandonner, tant pour sa belle écriture et son activité que pour la confiance que dorénavant il aurait en lui.

Que vous dirai-je de plus ? Tant lui remontra que le clerc, au fort de la conversation, en son état et en son service lui promet de demeurer. Et comme il lui avait ouvert son secret, le sien lui voulut dévoiler à son tour et dit :

— Mon fils, de votre infortune je ne suis pas joyeux, mais Dieu, qui fait tout pour le mieux et sait ce qui nous convient, en soit pourtant loué ! Vous me pourrez dorénavant très bien servir. J'ai une jeune femme assez légère et volage, et je suis, ainsi que vous le voyez, déjà ancien et sur âge, ce qui, hélas ! peut être occasion pour plusieurs d'être déshonorés par cocuage. Pour éviter ce danger et plusieurs autres, je vous la baille et donne en garde, et je vous prie que teniez la main à ce que je n'aie sujet d'en trouver aucune matière de jalousie.

Par grande délibération fit le clerc sa réponse ; et, quand il parla, Dieu sait s'il loua bien sa très loyale bonne maitresse, disant que sur tous autres il l'avait belle et bonne, et qu'il s'en devait tenir content. Néanmoins, en service et autres choses il est celui qui veut de tout son cœur s'employer, et il n'adviendra rien sans qu'il l'avertisse de tout ce que loyal serviteur doit faire à son maître.

Le maître, gai et joyeux de la nouvelle garde de sa femme, laisse sa maison et va en ville vaquer à ses affaires. Et incontinent, le bon clerc retrouvant sa dame et l'avertissant de la façon subtile dont son mari s'abusait, tous deux s'en donnèrent à cœur.

Assez et long espace de temps dura le joyeux passe-temps de ceux qui tant bien s'entr'aimaient. Et si aucunes fois le bon mari allait dehors, il n'avait garde d'emmener son clerc. Plutôt, il eût emprunté un serviteur à ses voisins que de ne pas laisser l'autre à sa maison, et, si la dame avait congé d'aller en aucun pèlerinage, elle allait plutôt sans chambrière que sans le très gracieux clerc.

M. DE CASTREGAT (XVe siècle).

VII

MALICE DE FEMMES

l y avait deux jeunes hommes de fort bonne maison, voisins et nourris ensemble, et de même marchandise : ce qui engendra une très grande et intrinsèque amitié entre eux.

Ils se délibérèrent un jour de faire un voyage en Espagne pour le trafic de leurs marchandises. Après qu'ils eurent quelque temps séjourné à Valence en Espagne, ils devinrent extrêmement amoureux de deux gentilles femmes espagnoles, mariées à de nobles chevaliers du pays.

Les deux Siennois se nommaient, l'un Lucio, et l'autre Alessio.

Lucio était plus avisé en l'amour de sa femme Isabeau que son compagnon n'était en la poursuite de sa choisie, et les deux belles ne le cédaient point en mutuelle amitié à la fraternité des deux Italiens.

Or, dura cette poursuite d'amour entre eux l'espace de deux ans, qu'ils furent à négocier en Valence, sans qu'ils pussent parvenir plus avant qu'aux simples caresses de la vue et œillades, plus pour le respect qu'ils avaient pour les chevaliers que pour le danger où ils se fussent mis en pays étrangers, s'ils eussent attenté de plus près, par ambassades, missives, sérénades et aubades.

Il advint un jour que la demoiselle Isabeau entra en une église, où le passionné Lucio s'était mis à couvert de la pluie. Par bonheur, en se promenant à l'entour de l'église, il aperçut sa dame assise en un coin et accom-

pagnée d'une seule servante, ce qui fut aussi
à propos que si c'eût été fait tout exprès.
Cette rencontre lui donna la hardiesse de s'ap-
procher d'elle, et il la salua gracieusement.
Elle lui rendit salut avec une modestie assai-
sonnée d'une sourde gaieté.

La servante qui, par aventure, était du
conseil secret et bien apprise, se leva d'auprès
sa maîtresse, comme pour aller regarder
quelque image. Lucio, bien joyeux de cette
commodité de pouvoir manifester ses passions
à sa dame, commença sa harangue ainsi que
s'ensuit :

— Madame, je crois que vous n'êtes pas
ignorante de l'amour démesuré qui depuis
deux ans entiers me tient prisonnier de votre
beauté, à laquelle il ne s'est pu découvrir,
pour la révérence de votre honneur. Aussi
suis-je assuré qu'avez assez ouï-dire combien
ce feu d'amour, si longuement clos et couvert
en ma poitrine, l'a embrasée, ne trouvant en
moi issue pour l'évaporer. Je ne fais doute
que le dieu Cupide ne soit apaisé et contenté

à la fin par le sacrifice continuel de mes longs soupirs, larmes et travaux, et que, pour en recouvrer allégement, il ne m'ait préparé cette opportunité, en laquelle je vous requiers, Madame, en les brèves paroles que le temps et le lieu peuvent souffrir, pitié, merci et miséricorde.

La dame Isabeau, non moins passionnée d'ardeur amoureuse que Lucio, lui répondit :

— Mon ami (puisque votre courtoisie, honnêteté et constance ont mérité ce nom), je vous prie de croire à la réciprocité de mon amour, dont la commodité seule a jusques aujourd'hui retardé le mutuel contentement. Toutefois, je suis délibérée d'employer tous mes sens à nous moyenner bientôt une heureuse rencontre qui puisse assouvir nos longs désirs : de laquelle, je ne faillirai vous donner bon et sûr avertissement.

Lucio, l'en remerciant un genou en terre, n'oublia de lui rappeler son compagnon Alessio, pour lequel elle lui promit pareillement qu'elle ferait office de bon amie envers sa compagne, pour le mérite de son amour constante. La survenue du peuple, à l'heure du service, les fit se séparer bien à contre-cœur. Bref, Lucio vole pour porter ces nouvelles à son ami Alessio, et ne passèrent deux jours sans recevoir un message leur enjoignant de se trouver environ à deux heures de la nuit au logis de madame Isabeau : a quoi, ils ne faillirent d'une seule minute d'horloge.

Là les attendait madame Isabeau, laquelle, après la porte ouverte aux poursuivants, s'arrêta à deviser avec Lucio et lui dit que son mari, ayant depuis quelque temps renoncé à la suite de la cour et au plaisir de la chasse, l'avait si longtemps frustrée de l'occasion de leur entrevue, non moins désirée de son côté que du sien ; mais qu'à la fin, vaincue d'extrême affection, elle avait voulu hasarder ce larcin de Vénus, si lui et son compagnon avaient en eux la hardiesse d'en accomplir le dessein. C'est à savoir, que Alessio se dépouillerait à nu et irait en son lit près de son mari

tenir sa place, tandis que Lucio demeurerait
pour deviser avec elle.

Alessio, quelque grande amitié quasi fra-
ternelle qu'il portât à Lucio, trouva cela de
dure et difficile entreprise, si la demoiselle
Isabeau ne l'eût renforcé par promesse de la
récompense qu'elle lui avait ménagée envers
sa compagne et en lui affirmant que son mari,
dans son profond sommeil, ne se réveillait
jamais jusqu'au jour.

Or, tout ce qu'elle persuadait à Alessio
était afin que, se remuant dedans le lit, son
mari sentît sa jambe ou quelque autre partie
humaine qu'il penserait être elle. Que vous
dirai-je de plus ? Alessio, persuadé par l'un et
par l'autre, se dépouille, non sans grande
frayeur, et s'en va tenant Isabeau par la robe,
et se couche doucement en sa place, se gardant de tousser et cracher si près de son hôte.

Cependant, Lucio et Isabeau jouent leurs
jeux paisiblement en une autre chambre du
logis. Le pauvre Alessio, se voyant près la
personne du chevalier sans qu'il osât se re-

muer, tremblait, tombant en diverses pensées ; tantôt, il disait que la demoiselle les trahissait tous deux, se livrant premier à la gueule du loup ; tantôt il pensait, si elle les traitait de bonne foi, qu'elle s'oubliait entre les bras de son ami, le laissant en ce grand et éminent danger jusques à la pointe du jour.

A ce moment, quel ne fut pas son étonnement, lorsqu'il vit entrer dans la chambre Lucio et Isabeau ! Ils faisaient un grand bruit de portes, et, approchant du lit, ils demandaient à Alessio comment il avait reposé cette nuit.

A l'instant, la demoiselle Isabeau leva la couverture du lit, et Alessio vit... sa mie couchée auprès de lui en lieu et place du mari ; elle n'avait, la tendrette, ni remué ni cligné de l'œil plus que son compagnon.

De cela furent loués les deux amants : Alessio, pour le danger où il se mit, afin d'avancer l'entreprise de son ami, et son amie, à raison de ce qu'elle s'était si honnêtement contenue étant couchée auprès de lui.

Un conteur anonyme du XVIᵉ siècle.

VIII

A CHACUN SON TOUR

N enfant de Paris, d'assez bonne
maison, jeune, dispos et qui se
tenait propre de sa personne,
était amoureux d'une femme veuve
bien jolie et qui était fort contente de se voir
aimée, donnant toujours quelques nouveaux
appâts à ceux qui la regardaient, et prenant
plaisir à faire l'anatomie des cœurs des jeunes
gens. Mais elle ne faisait compte, sinon de
ceux que bon lui semblait, et encore des
moins dignes, et par-dessus tout, elle vous

savait mener ce jeune homme (dont nous parlons) de telle ruse, qu'elle semblait tout vouloir faire pour lui.

Il parlait à elle seul à seule ; il maniait le tétin et le baisait même et il touchait bien souvent à la chair, mais il n'en tâtait point, tellement qu'il mourait tout en vie auprès d'elle. Il la priait, il la conjurait, il lui faisait des présents, mais il n'en pouvait rien avoir, excepté qu'une fois, ainsi qu'ils devisaient ensemble en particulier et qu'il lui contait très expressément son cas, elle lui dit :

— Non, je n'en ferai rien si vous ne me baisez le derrière, disant le mot tel quels, mais pensant en elle qu'il ne le ferait jamais.

Le jeune homme fut fort honteux de ce mot. Toutefois, lui, qui avait essayé tant de moyens, pensa qu'il ferait encore cela, et qu'aussi personne n'en saurait rien ; et lui répondit, s'il ne tenait qu'à cela pour lui complaire, qu'il n'en ferait point difficulté.

La dame, étant prise au mot, l'y prit aussi et se fit baiser le derrière sans feuille. Mais,

quand ce fut à donner sur le devant, point
de nouvelles; elle ne fit que se rire de lui et
lui dire les plus grandes moqueries du monde
dont il pensa désespérer, et s'en départit le
plus fâché que fût jamais homme, sans toutefois se pouvoir départir d'alentour d'elle. Il
s'absenta pourtant pour quelque temps, de
honte qu'il avait de se trouver non seulement
devant elle, mais devant les gens, comme si
tout le monde eût dû connaître ce qui lui
était advenu :

Une fois, il s'adressa à une vieille qui connaissait bien la jeune dame, et il lui dit sur
le propos de son affaire.

— Viens çà ! N'est-il pas possible que j'aie
cette femme-là ? Ne saurais-tu inventer quelque bon moyen pour me tirer de la peine où
je suis? Assure-toi, si tu me la veux mettre
en mains que je te donnerai la meilleure robe
que tu vêtis de ta vie.

La vieille l'en réconforta et lui promit d'y
faire tout ce qu'elle pourrait, lui disant que
s'il y avait femme en Paris qui en vînt à bout.

qu'elle était celle-là. Et de fait, elle y fit ses
efforts, qui étaient bons et grands ; mais la
veuve, qui était fine, sentant que c'était pour
ce jeune homme, n'y voulut entendre en aucune manière. Peut-être l'espérait-elle avoir
en mariage ou pour quelque autre respect
qu'elle se réservait : car les rusées ont cette
façon de tenir toujours quelqu'un des poursuivants en langueur, pour faire couverture à
la jouissance qu'elles donnent aux autres.
Tant est-il que la vieille n'y sut rien faire et
s'en retourna à ce jeune homme, lui disant
qu'elle y avait mis toutes les herbes de la
Saint-Jean, mais qu'elle ne voyait aucun
moyen, sinon qu'à son avis, s'il voulait se
déguiser en pauvre et aller demander l'au-
mône à la porte de sa dame, qu'il en pourrait
jouir. Il trouva cela faisable.

— Mais quel moyen me faudra-t-il tenir ?
disait-il.

— Savez vous ce qu'il vous faut aire, dit
la vieille ? Il faut que vous vous barbouilliez
le visage, de peur qu'elle vous connaisse, et

puis que vous fassiez le fol, car elle est mer-
veilleusement fine.

— Et comment ferai-je le fol, dit le jeune
homme ?

— Que sais-je-moi ? dit elle. Il faut toujours rire et dire le premier mot que vous avi-
serez et ne dire que cela, quelque chose qu'on
vous demande.

— Je ferai bien ainsi.

Ils déciderent, la vieille et lui, qu'il rirait
toujours et ne parlerait que de fromage. Il
s'habille en gueux, et s'en va à la porte de sa
dame à une heure du soir que tout le monde
commençait à se retirer. Il faisait assez froid,
bien que ce fût après Pâques.

Quand il fut à la porte, il commença à
crier assez haut, en riant :

— Ha ! ha ! fromage !

Et cela, jusques à deux ou trois fois ; puis, il
se reposait un petit, et recommençait son :

— Ha ! ha ! fromage !

Tant que la veuve, qui avait sa chambre
sur la rue, l'entendit et y envoya sa cham-

brière pour savoir qui il était et ce qu'il voulait, mais il ne répondit jamais que :

— Ha ! ha ! fromage !

La chambrière s'en retourne à la dame et lui dit :

— Mon Dieu ! ma maîtresse ! c'est un pauvre garçon qui est fol ; il ne fait que rire et ne parle que de fromage.

La dame voulut savoir ce que c'était, et descend, et parle à lui.

— Qui êtes vous, mon ami ?

Et lui, ne lui dit autre chose que :

— Ha ! ha ! fromage !

— Voulez-vous du fromage ? dit-elle.

— Ha ! ha ! fromage !

— Voulez-vous du pain ?

— Ha ! ha ! fromage !

— Allez-vous-en, mon ami, retirez-vous.

— Ha ! ha ! fromage !

La dame, le voyant ainsi idiot :

— Perrette, il mourra de froid cette nuit, il le faut faire entrer : il se chauffera.

— Mananda ! dit-elle. C'est bien dit, Madame. Entrez, mon ami, entrez. Vous vous chaufferez.

— Ha! ha! fromage! disait-il.

Et cependant il entra, en riant et de bouche et de cœur, car il pensa que son cas commençait à se porter bien. Il s'approcha du feu, là où il montrait ses cuisses à découvert, charnues et refaites, que la dame et la chambrière guignaient de l'œil. Elles l'interrogeaient s'il voulait boire ou manger mais il ne disait que :

— Ha ! ha ! fromage !

L'heure vint de se coucher. La dame, en se déshabillant disait à sa chambrière :

— Perrette, il est beau garçon. C'est dommage qu'il soit ainsi fol !

— Parbleu ! disait la garce, c'est mon avis, Madame. Il est net comme une perle.

— Mais, si nous le mettions coucher en notre lit, dit la dame. A ton avis ?

La chambrière se prit à rire :

— Et pourquoi non ? Il n'aura garde de nous déceler, s'il ne sait dire autre chose.

Bref, elles le font déshabiller, et n'eut

point besoin de chemise blanche, car la sienne
n'était point sale, sinon par aventure déchirée,
et le firent coucher gentiment entre elles deux.
Et mon homme dessus sa dame, et à ce cul, et
vous en aurez !

La chambrière en eut bien quelque coups,
mais il montra bien que c'était à la dame à
qui il en voulait, et cependant n'oubliait jamais son :

— Ha ! ha ! fromage !

Le lendemain, elles le mirent dehors de bon
matin, et s'en va. Mais depuis, il continua
assez de fois à y retourner pour le prix, dont
il se trouva fort bien, et ne se fit jamais connaître par le conseil de la vieille. Le jour, il
reprenait ses habits ordinaires et se trouvait
auprès de sa dame, devisant avec elle à la
mode accoutumée, la poursuivant comme devant, sans faire autre semblant nouveau.

Le mois de mai vint, pour lequel ce jeune
homme se voulut habiller d'un pourpoint
vert, disant que c'était pour l'amour d'elle : ce
qu'elle trouva fort bon, et lui dit qne, en fa-

veur de cela, elle le mettrait en bonne compagnie de dames le premier jour qu'il viendrait à propos.

Étant en cet état, se trouva en une compagnie de dames, entre lesquelles était la sienne, et aussi y étaient d'autres jeunes gens, lesquels étaient en un jardin, assis en rond, hommes et femmes entremêlés un pour une, et ce jeune homme était auprès de sa dame. Il fut question de faire des jeux de récréation par l'avis même de la jeune veuve, laquelle était femme inventive et de bon esprit. Elle avait d'assez longue main pensé en soi-même par quel moyen elle se gaudirait de son jeune homme, qu'elle croyait bien pouvoir tromper cette fois-là : carre elle ordonna un peu où chacun eut à dire quelque bref mot d'amour ou d'autre chose gentille, selon ce qui lui conviendrait le mieux et viendrait en fantaisie : ce qu'ils firent tous et toutes en leur rang.

Quand ce fut à la veuve à parler, elle dit, avec une grâce affectée, ce qu'elle avait prémédité auparavant :

> Que diriez-vous d'un vert vêtu
> Qui a baisé sa dame au cul
> En lui faisant hommage ?

Chacun jeta les yeux sur ce jeune homme, car il fut aisé de connaître que cela s'adressait à lui, mais il ne fut pourtant pas fort troublé. Au contraire, tout rempli d'une fureur poétique, il répondit promptement à la dame :

> Que diriez-vous d'un vert vêtu
> Qui a damé sur votre cul,
> Disant : Ah ! ah ! fromage ?

Si la dame fut bien penaude, il ne le faut point demander, car, quelque rusée qu'elle fût, celui fut force de changer de couleur et de contenance, laquelle se rendit assez coupable devant toute l'assistance, dont le jeune homme se trouva vengé d'elle, à un bon coup, de toutes les vilenies du temps passé.

BONAVENTURE DESPÉRIERS.

TABLE

CORBEIL. — IMPRIMERIE B. RENAUDET

QUATRIÈME VOLUME. — Simple Badinage. — Les Étrennes bien reçues. — En buvant du Vin clairet.

CINQUIÈME VOLUME. — La surprise de Nemrod. — Sœur Théodose. — Sagesse musulmanne.

SIXIÈME VOLUME. — Une rupture. — Conte oriental. — Propos de Carême.

LA COLLECTION SE COMPOSERA DE 12 VOLUMES PARAISSANT TOUS LES MOIS

LES JOYEUSES

HISTOIRES

DE NOS PÈRES

JOLIS VOLUMES IN-12, ORNÉS D'UNE EAU-FORTE PAR KAUFFMANN

Couverture en couleur d'après une aquarelle de Kauffmann

PRIX : 2 FR.

IL PARAIT UN VOLUME TOUS LES MOIS

Il a été tiré à part 30 exemplaires numérotés à la presse sur papier impérial du Japon avec triple épreuve de l'eau-forte avant la lettre, en noir, bistre et sanguine, au prix de 10 fr.

SOMMAIRE DES VOLUMES PARUS

HISTOIRE SECRÉTE
de Napoléon III

PREMIÈRE PARTIE. — L'empereur et son entourage. — Les dessous de l'affaire Orsini. — La police de l'Empire, etc. Prix 2 fr. 25.

DEUXIÈME PARTIE. — L'impératrice et l'entourage. — L'affaire des Champs-Elysées. — Les secrets d'un passé dangereux, etc. — Prix : 2 fr. 25.

TROISIÈME PARTIE. — Les scandales dans l'armée. — L'empereur et ses généraux. — Forey en Crimée. — Montauban en Chine. — Bazaine au Mexique, etc. Prix : 2 fr. 25.

PAR UN ANCIEN PROSCRIT

Les trois parties en un volume grand in-8, avec gravures dans le texte

PRIX : 5 FR.

La Chute de l'Empire

SUITE DE « L'HISTOIRE SECRÉTE DE NAPOLÉON III »

L'impératrice et M. Ém. Ollivier. — Les forces de la France et de l'Allemagne. — Wissembourg. — Wœrth. — Freschwiller. — Reischoffen. — Sarrebruck. — Spikeren. — Forbach. — La guerre navale. — Metz. — Borny. — Gravelotte. — Saint-Privat.

PAR UN ANCIEN PROSCRIT

Un vol. gr. in-8 de 650 pages, gravures dans le texte

PRIX : 5 FR.

LA VÉRITÉ SUR LA COMMUNE

SUITE DE « L'HISTOIRE SECRÈTE DE NAPOLÉON III »

Le complot clérical. — Les causes de la commune. — Le 18 mars; La commune. — La semaine sanglante.

PAR UN ANCIEN PROSCRIT

PRIX : 5 FR.

LES MILLIONS DU TRAPPEUR

Grand roman d'aventures

PAR LOUIS NOIR

Grand in-8 avec gravures dans le texte

PRIX : 5 FR.

LE MORNE AUX GÉANTS

SUITE DES « MILLIONS DU TRAPPEUR »

Par Louis NOIR

Grand in-8 avec gravures dans le texte

PRIX : 5 FR.

MES SEPT ANS DE BAGNE

Sous terre. — La chasse à l'insurgé. — De Versailles à Toulon. — Le poteau de Satory. — De Paris à Toulon. — Les secrets du bagne. — De Toulon à Nouméa. — Le tour du monde en cage. — L'enfer de l'île Nou. — La presqu'île Ducos. — Déportation. — Les évasions célèbres.

PAR UN ANCIEN FORÇAT

PRIX : 4 FR.

MÉTHODE SANDERSON

L'ANGLAIS SANS PROFESSEUR

EN 50 LEÇONS

*Cinquantes livraisons à 25 centimes. — Quatre parties
à 3 francs.*

L'ouvrage complet forme un magnifique volume in-8
de 600 pages au prix de **12 francs.**

L'ALLEMAND SANS PROFESSEUR

EN 50 LEÇONS

*Cinquante livraisons à 25 centimes. — Quatre parties
à 3 francs.*

L'ouvrage complet forme un magnifique volume in-8
de 600 pages au prix de **12 francs.**

L'ESPAGNOL SANS PROFESSEUR

EN 50 LEÇONS

*Cinquante livraisons à 25 centimes. — Quatre parties
à 3 francs.*

L'ouvrage complet forme un magnifique volume in-8
de 600 pages au prix de **12 francs.**

L'ITALIEN SANS PROFESSEUR

EN 50 LEÇONS

*Cinquante livraisons à 25 centimes. — Quatre parties
à 3 francs.*

L'ouvrage complet forme un magnifique volume in-8
de 600 pages au prix de **12 francs**